Trois Contes d'Andersen

Ce livre appartient à ----------

Offert par ----------------------

Reçu le ----------------------

Dans la même
collection

Andersen
La Petite Sirène

Andersen
La petite marchande d'allumettes

Andersen
La Princesse et le petit pois

Grimm
Blanche-Neige

Grimm
Cendrillon

Grimm
La Belle au Bois Dormant

Grimm
Le Petit Chaperon Rouge

Grimm
Tom Pouce

Andersen

La petite marchande d'allumettes

Le Bonhomme de neige

L'intrépide soldat de plomb

Illustrés par Joëlle Boucher

HACHETTE
Jeunesse

Traduction d'Etienne Avenard
et Gil Hérel

© *Hachette, 1993*
Tous droits de traduction, de reproduction
et d'adaptation réservés pour tous pays.

Hachette, 79, boulevard Saint-Germain, 75006 Paris

La petite marchande d'allumettes

IL faisait horriblement froid. Il
neigeait, et le crépuscule tom-
bait déjà. C'était le dernier soir
de l'année, le soir de la Saint-
Sylvestre.

Au milieu de ce froid et de
cette obscurité, une pauvre petite

9

fille marchait, la tête découverte et les pieds nus.

Elle avait bien mis des pantoufles pour sortir, mais à quoi pouvaient-elles lui servir?

C'étaient les grandes pantoufles de sa mère qui les avait déjà portées. Elles étaient beaucoup trop grandes, et la petite les avait perdues l'une après l'autre en traversant une rue, au moment où deux voitures passaient à grande vitesse.

La première pantoufle avait passé sous la roue d'un coupé qui l'avait emportée, collée par la gelée. Quant à la seconde, un petit garçon l'avait ramassée et s'était amusé à la lancer en l'air. Puis il avait disparu en criant à la petite fille qu'il voulait faire de la

pantoufle un berceau, quand il aurait un bébé.

La fillette marchait donc les pieds nus ; ils étaient rouges et bleus de froid. Dans son vieux

La petite marchande d'allumettes

tablier, elle portait des allumettes, et elle en avait un paquet à la main.

Elle essaya de trouver une place où circuleraient beaucoup de passants. Mais il faisait trop froid : les gens qui passaient dans les rues

s'éloignaient rapidement sans paraître entendre ce que disait l'enfant.

De toute la journée, elle ne put rien vendre et personne ne lui donna rien. Mourant de faim et de froid, elle continuait son chemin, la pauvrette! Les flocons de neige tombaient sur ses longs cheveux blonds qui se déroulaient en boucles sur son dos, mais elle n'y pensait guère.

A toutes les fenêtres brillaient des lumières, et dans les rues flottait une bonne odeur d'oie rôtie. C'était le soir de la Saint-Sylvestre. Et la petite fille songeait qu'autrefois, lorsque vivait sa bonne grand-mère, on fêtait aussi la Saint-Sylvestre à la maison. Mais la mort était venue.

On avait quitté la gentille maisonnette entourée de lierre où s'étaient passés les beaux jours, pour habiter dans un logis obscur où elle n'avait jamais plus entendu que des paroles dures et des gronderies.

Elle se blottit dans un coin, entre deux maisons, et ramena ses pieds sous elle. Mais elle avait de plus en plus froid.

Elle n'osait pourtant pas rentrer à la maison sans avoir vendu une allumette ni reçu un sou. Certainement, son père la battrait! Et puis, il faisait froid aussi à la maison! Ils vivaient sous le toit, et le vent sifflait à l'intérieur de leur chambre, malgré les chiffons qu'on avait mis dans les plus grandes fentes. Les mains de la

pauvre petite étaient toutes rai-
dies. Ah! comme la chaleur d'un
feu d'allumettes ferait du bien! Si
elle osait en tirer une, la frotter
contre le mur et s'y chauffer les
doigts!

Elle finit par en prendre une.
Comme cela flambe et brûle! La
flamme, d'abord bleue et verte,
blanchit, puis rougit, et enve-
loppe le morceau de bois qui
projette une lueur vive et gaie.

Tandis que l'enfant tenait une
main au-dessus, l'allumette brillait
comme un charbon ardent. Oh!
la merveilleuse lumière! Il sembla
à la petite fille qu'elle était devant
un grand poêle de fer. Le feu y
brûlait gaiement et répandait une
douce chaleur. Ah! quel bien cela
faisait! Ses petites mains se

réchauffaient à la flamme; le pouce qui tenait l'allumette lui semblait brûlant. Oh! pouvoir rester ainsi, de longues heures, devant un bon foyer par une nuit glacée d'hiver, quand la neige couvre la terre et que souffle le vent du nord.

Déjà, elle allongeait les pieds pour se les chauffer aussi, quand

la flamme s'éteignit. Le poêle disparut... Elle était assise là, avec le bout de l'allumette brûlée dans la main.

Elle le regarda tout étonnée, ne comprenant pas d'abord pourquoi le foyer s'était éteint. Puis elle pensa qu'on lui avait donné ces allumettes pour les vendre, et que son père la gronderait.

lorsqu'elle rentrerait à la maison.

Mais il faisait si froid qu'elle ne put y tenir.

Elle en alluma une deuxième qui brûla et brilla. La lumière éclaira la muraille qui devint transparente comme un tulle. La petite regarda dans la salle. La table était mise avec une nappe toute blanche et des assiettes de fine porcelaine. Il y avait dessus une oie rôtie, farcie de pruneaux et de pommes. Mais le plus amusant, ce fut que l'oie sauta du plat et se mit à marcher vers la petite fille avec la fourchette et le couteau plantés dans le dos. Puis... l'allumette s'éteignit, et l'enfant ne vit plus que les murs épais et froids.

Evanoui, le beau rêve! Au lieu
de la table bien servie, c'était
la rue noire et glacée, couverte
de neige, la bise qui soufflait et
quelques rares passants qui se pré-
cipitaient à des rendez-vous,
chaudement vêtus, sans voir la
misère de la petite marchande.

L'enfant alluma une troisième
allumette. Elle se vit alors trans-
portée sous un bel arbre de Noël.
Il était encore plus grand et plus
joliment décoré que celui qu'elle

avait pu voir à Noël l'année pas-
sée, chez un riche marchand, à
travers la porte vitrée. Des mil-
liers de lumières brillaient sur
les branches vertes, et beaucoup
d'images coloriées comme celles
qu'on voit aux vitrines appa-
rurent aux yeux de l'enfant. Elle
tendit ses deux mains vers
l'arbre... mais l'allumette s'éteignit. Toutes les bougies de Noël
semblèrent monter, monter,
jusqu'à devenir des étoiles dans
le ciel.

« Il y a quelqu'un qui meurt en
ce moment », dit la petite. Car sa
vieille grand-mère, la seule personne qui eût été bonne pour elle
(mais elle était morte depuis longtemps), lui avait dit : « Quand une

étoile file, une âme monte vers
Dieu. »

Elle frotta une nouvelle allumette contre le mur. Une claire
lumière se répandit tout autour,
et la petite vit alors sa grand-
mère qui lui souriait doucement.

« Grand-mère, s'écria la fillette,
prends-moi ! Je sais que tu vas disparaître quand l'allumette s'étein-
dra, disparaître comme le poêle,
comme l'oie rôtie, comme l'arbre
de Noël, mais ne me laisse pas ici !
Nous étions si heureuses toutes
les deux, quand tu n'étais pas
encore retournée près du bon
Dieu ! Tu me disais, dans ce
temps-là, que j'irais aussi te
retrouver si j'étais bien sage ;
grand-mère, je t'en prie,
demande au bon Dieu de me faire

venir avec toi. Il ne te refusera pas. »

L'allumette s'éteignit, et avec elle la vision merveilleuse qui avait donné tant de joie à la fillette.

Alors, l'enfant alluma toutes les allumettes qui restaient dans le paquet. Elle voulait retenir sa grand-mère! Les allumettes firent une telle lumière qu'on aurait pu se croire en plein jour. Jamais sa grand-mère ne lui avait paru si grande ni si belle. Elle prit la petite fille par la main, et toutes deux s'envolèrent glorieusement, haut, très haut. Plus de faim, ni de froid, ni d'angoisse pour elles ; elles étaient chez le bon Dieu.

Le lendemain, la neige couvrait toujours la terre, mais le soleil se

leva brillant et clair dans un ciel bleu pâle. Tout le monde sortit, joyeux.

Au coin de la maison, on trouva la petite fille qui avait les joues rouges et un sourire sur les

lèvres. Elle était morte gelée, le dernier soir de l'année.

Le premier jour de l'an se leva

La petite marchande d'allumettes

sur le corps de la petite qui était assise là avec ses allumettes, dont tout un paquet était brûlé. «Elle a voulu se réchauffer!» dirent les gens. Mais personne ne savait quelles merveilles elle avait vues, ni au milieu de quelles splendeurs elle s'en était allée, avec sa grand-mère, vers les joies de la nouvelle année.

Le Bonhomme
de neige

« QUEL beau froid il fait aujourd'hui! dit le Bonhomme de neige. Tout mon corps en craque de plaisir. Et ce vent, comme il vous fouette agréablement! Puis, de l'autre côté, ce globe de feu qui me regarde tout joyeux!»

Il voulait parler du soleil qui disparaissait à ce moment.

«Oh! il peut toujours briller, il ne m'éblouira pas! Je ne lâcherai pas encore mes deux escarboucles. »

Il avait, en effet, au lieu d'yeux, deux gros morceaux de charbon brillant, et sa bouche était faite d'un vieux râteau, si bien qu'on voyait toutes ses dents.

Le Bonhomme de neige était né au milieu des cris de joie des enfants, au bruit des grelots des chevaux attelés aux traîneaux et des coups de fouet des jeunes cochers.

Le soleil se coucha, la pleine lune monta dans le ciel, ronde et grosse, claire et belle.

«Ah! le voici qui réapparaît de l'autre côté», dit le Bonhomme de neige.

Il pensait que c'était le soleil qui se montrait de nouveau.

«Maintenant, je lui ai fait diminuer son éclat. Si seulement je savais ce qu'il faut faire pour bouger de place! J'aurais tant de plaisir à me remuer un peu! Si je le pouvais, j'irais tout de suite me promener sur la glace et faire des glissades, comme j'ai vu faire aux enfants. Mais je ne peux pas courir, je ne sais pas comment on fait pour cela.

— Ouah! ouah!» aboya le chien de garde.

Il ne pouvait plus aboyer juste et était toujours enroué, depuis

qu'il n'était plus chien de salon et n'avait plus sa place sous le poêle.

« Le soleil t'apprendra bientôt à courir, dit-il. Je l'ai bien vu pour l'autre Bonhomme de neige, pendant le dernier hiver. Ouah! ouah!

— Je ne te comprends pas, dit le Bonhomme de neige. C'est cette boule, là-haut (il voulait dire la lune), qui m'apprendra à courir? C'est moi plutôt qui l'ai fait disparaître en la regardant fixement, et maintenant elle nous revient, toute timide, par un autre côté...

— Tu ne sais rien de rien, dit le chien; il est vrai aussi que l'on t'a construit il n'y a pas bien longtemps. Ce que tu vois là, c'est la lune; et celui qui est disparu,

c'est le soleil. Il reviendra demain et, tu peux me croire, il saura t'apprendre à courir dans le fossé. Nous allons avoir un changement de temps. Je sens cela à ma patte gauche de derrière. J'y ai des élancements et des picotements très forts. Oui, le temps va changer.»

«Je ne le comprends pas du tout, se dit à lui-même le Bonhomme de neige, mais je crois deviner qu'il m'annonce quelque chose de désagréable. Et puis, cette boule qui m'a regardé si fixement avant de disparaître, et qu'il appelle le soleil, je sens bien qu'elle n'est pas mon amie.»

«Ouah! ouah!» aboya le chien en tournant trois fois sur lui-même avant de se coucher dans sa niche, pour dormir.

Le temps changea, en effet.
Vers le matin, un brouillard épais
et humide se répandit sur tout le
pays, et, un peu avant le lever du
soleil, un vent glacé accourut, qui
fit redoubler la gelée. Quel
magnifique spectacle, quand le
soleil parut! Arbres et bosquets
étaient couverts de givre, et tout
le pays ressemblait à une forêt de
corail blanc.

C'était comme si toutes les
branches étaient couvertes de
blanches fleurs brillantes.

Les bouleaux se penchaient
mollement au souffle du vent; il y
avait en eux de la vie, comme les
arbres en ont en plein été. Quand
le soleil se mit à briller au milieu
de cette splendeur merveilleuse,

on aurait dit que des éclairs par-
taient de toutes parts, et que le
vaste manteau de neige qui couvrait la terre ruisselait de dia-
mants étincelants.

«Quel spectacle magnifique!»

s'écria une jeune fille qui se pro-
menait dans le jardin avec un
jeune homme. Ils s'arrêtèrent
près du Bonhomme de neige et
regardèrent les arbres qui étin-
celaient.

«Même en été, on ne voit rien de plus beau!

— Surtout, on ne peut pas rencontrer un pareil gaillard! répondit le jeune homme en désignant le Bonhomme de neige. Il est parfait!»

La jeune fille sourit, fit un salut de tête amical au Bonhomme, et tous deux s'en allèrent gaiement, bras dessus, bras dessous, sur la neige craquelante.

«Qui était-ce? demanda le Bonhomme de neige au chien de garde. Toi qui es depuis si longtemps dans la cour, tu dois certainement les connaître?

— Naturellement! dit le chien. Elle m'a si souvent caressé, et il m'a donné tant d'os à ronger. Pas de danger que je les morde!

— Mais qui sont-ils donc?

Le Bonhomme de neige

— Des fiancés, répondit le chien. Ils veulent vivre tous les deux dans la même niche et y ronger des os ensemble. Ouah! ouah!

— Est-ce que ce sont des gens comme toi et moi?

— Ah! mais non! dit le chien. Ils appartiennent à la famille des maîtres! Vraiment, comme tu sais peu de chose! Moi qui suis vieux, je connais tant de choses! Je connais tout ici dans cette cour. Oui, il y a un temps où je n'étais pas dans la cour, attaché dans le froid pendant que souffle le vent glacé. Ouah! ouah!

— Moi, j'adore le froid! dit le Bonhomme de neige. Je t'en prie, raconte. Mais tu pourrais bien faire moins de bruit avec ta

chaîne. Cela m'écorche les oreilles.

— Ouah! ouah! aboya le chien. J'ai été jeune chien, gentil et mignon, comme on me le disait alors. J'avais ma place sur un fauteuil de velours dans le château, parfois même sur les genoux des maîtres. On m'embrassait sur le museau, et on m'essuyait les pattes avec un mouchoir brodé. On m'appelait "Chéri". Mais je devins grand, et l'on me donna à la femme de ménage. J'allai habiter dans le cellier; tiens! d'où tu es, tu peux en voir l'intérieur. Dans cette chambre, je devins le maître; oui, je fus le maître chez la femme de ménage. C'était moins luxueux que dans les appartements du dessus, mais c'était bien plus agréable. Les

enfants ne venaient pas constam-
ment me tirailler et me taquiner
comme là-haut. Puis j'avais un
coussin spécial, et je me chauffais
à un bon poêle, la plus belle
invention de notre siècle, tu peux
m'en croire. Je me glissais dessous
et l'on ne me voyait plus. Tiens!
j'en rêve encore. Ouah! ouah!»

Ils se turent un instant. Tout
près d'eux, un gros arbre étalait
ses branches noires, dont toutes
les feuilles étaient tombées à
l'automne!

«Est-ce donc si beau, un poêle?
reprit le Bonhomme de neige
après un instant de réflexion.

— Non, non, tout au contraire!
C'est tout noir, avec un long cou
et un dessus en cuivre. Il mange
tant de bois que le feu lui en sort
par la bouche. Il faut se mettre au-

dessus, ou au-dessous, ou à côté, et alors, rien de plus agréable. Du reste, regarde par la fenêtre, tu l'apercevras. »

Le Bonhomme de neige regarda et aperçut en effet un objet noir, reluisant, avec un dessus en cuivre, et par-dessous lequel le feu brillait.

Cette vue fit sur lui une impression étrange, qu'il n'avait encore jamais éprouvée, mais que tous les hommes connaissent bien.

« Pourquoi es-tu parti de chez elle ? demanda le Bonhomme de neige. Comment as-tu pu quitter ce lieu merveilleux ?

— Il le fallait, dit le chien. On me jeta dehors et on m'attacha, parce qu'un jour je mordis à la jambe le plus jeune des fils de la

maison, qui venait de me prendre
un os. Les maîtres furent très
irrités, et l'on m'envoya ici. Tu
vois, avec le temps, j'y ai perdu

ma voix. J'aboie très mal, maintenant : Ouah! ouah!»

Le chien se tut. Mais le Bonhomme de neige n'écoutait déjà
plus. Il continuait à regarder chez
la femme de ménage, où le poêle
était posé sur ses quatre pieds de
fer ; il était aussi grand, en vérité,

que le Bonhomme de neige lui-
même!

«Tout mon être en craque
d'envie, disait-il. Si je pouvais
entrer! Ce n'est pas un souhait si
terrible, il n'est pourtant guère
difficile à réaliser! Entrer, entrer,
c'est mon vœu le plus cher; il faut
que je m'appuie contre le poêle.

— Tu n'entreras pas, dit le
chien, et si tu entrais, c'en serait
fini de toi. Ouah! ouah!

— C'en est déjà fini de moi, dit
le Bonhomme de neige; il me
semble que l'envie d'entrer me
tue...»

Toute la journée, il regarda par
la fenêtre. Du poêle sortait une
flamme douce et caressante; seul
un poêle, quand il a quelque
chose à brûler, peut produire une

telle lueur ; car le soleil ou la lune, ce ne serait pas la même lumière.

Chaque fois qu'on ouvrait la porte du poêle, la flamme s'échappait par-dessous. La blanche poitrine du Bonhomme de neige en recevait des reflets rouges.

«Je n'y tiens plus! s'écria-t-il. C'est si joli lorsque la langue lui sort de la bouche!»

La nuit fut longue, mais elle passa vite pour le Bonhomme de neige. Il était plongé dans les idées les plus agréables.

Au matin, la fenêtre du cellier était couverte de givre, formant les plus jolis dessins qu'un Bonhomme de neige pût souhaiter ; seulement, ils cachaient le poêle.

La neige craquait plus que jamais ; un beau froid sec, un vrai plaisir pour un Bonhomme de neige.

Un coq chantait en regardant le froid soleil d'hiver. Au loin dans la campagne, on entendait résonner la terre gelée sous les pas des chevaux tirant un chariot. Et le conducteur faisait gaiement claquer son fouet en chantant une ronde campagnarde que répétait après lui l'écho de la colline voisine.

Et pourtant le Bonhomme de neige n'était pas gai. Il aurait dû l'être, mais il ne l'était pas.

Aussi, quand tout est bien pour nous, nous cherchons des choses impossibles et inattendues pour troubler notre repos. Nous ne sommes pas heureux de ce que nous avons, non. Nous cherchons autre chose... et c'est souvent de là que vient notre malheur.

C'est pour cela que le Bonhomme de neige ne pouvait s'empêcher de vouloir voir le poêle, lui l'homme du froid

auquel la chaleur pouvait faire
tant de mal.

Et ses deux gros yeux de charbon de terre restaient toujours
fixés sur le poêle qui continuait à
brûler sans se douter de rien.

«Mauvaise maladie pour un Bonhomme de neige! pensait le chien. Ouah! ouah! Nous allons encore avoir un changement de temps!»

Et cela arriva en effet : ce fut le dégel. Et plus la température augmentait, plus le Bonhomme de neige diminuait. Il ne disait rien ; il ne se plaignait pas ; c'était mauvais signe.

Un matin, il tomba en morceaux, et il ne resta de lui qu'une espèce de manche à balai planté dans la terre.

«Je comprends tout, maintenant, dit le chien. C'est ce qu'il avait dans le corps qui le tourmentait ainsi! Ouah! ouah!»

Bientôt, l'hiver disparut à son tour.

Le Bonhomme de neige

«Ouah! ouah!» aboyait le chien; et une petite fille chantait dans la cour :

> *Ohé! Voici l'hiver parti*
> *Et voici février fini!*
> *Chantons : Coucou!*
> *Chantons! Cui, cui!*
> *Et toi, bon soleil, viens-t'en ici!*

Personne ne pensa plus au Bonhomme de neige...

L'intrépide
soldat de plomb

IL y avait une fois vingt-cinq
soldats de plomb, tous frères
puisqu'ils avaient été fondus avec
le métal de la même vieille cuiller.
Ils portaient l'arme au bras,
regardaient droit en avant, et
avaient un superbe uniforme
rouge et bleu.

Les premières paroles qu'ils entendirent dans ce monde, quand on souleva le couvercle de la boîte où ils étaient enfermés, ce fut :

«Oh! les jolis petits soldats de plomb!»

L'intrépide soldat de plomb

C'était un jeune garçon qui parlait ainsi en battant des mains; on venait de lui faire ce cadeau pour sa fête. Il plaça aussitôt les soldats de plomb sur la table; ils se ressemblaient entre eux comme des gouttes d'eau, sauf un seul, celui qu'on avait fondu le dernier.

Le plomb avait manqué, et l'on n'avait pu lui faire qu'une jambe ; mais il se tenait aussi ferme que les autres avec leurs deux jambes.

Sur la table où fut rangée la compagnie de soldats, il y avait beaucoup de jouets ; mais parmi eux, un merveilleux petit château en carton. Sur le devant, on voyait une allée de beaux arbres conduisant à un miroir rond qui figurait un étang où nageaient des cygnes de cire. A travers les fenêtres, on apercevait l'intérieur des salles, splendidement décorées et meublées. Mais surtout, on remarquait dans le vestibule une gentille petite demoiselle. Elle était en carton, elle aussi, mais elle avait une robe de linon authentique et extrêmement fin ;

un ruban de soie bleue autour du cou, sur les épaules une écharpe rose, et dans les cheveux une magnifique rose en paillettes. Elle levait les bras en rond ; c'était une danseuse. Une de ses jambes était tendue en arrière. Mais le soldat de plomb s'imagina que, comme lui, elle n'avait qu'une jambe, et c'est peut-être ce qui lui plaisait le plus en elle.

« Voilà la femme qu'il me faudrait ! se disait-il ; mais elle est trop grande dame pour m'accepter. Sa maison est un palais, la mienne une pauvre boîte en bois blanc où nous vivons à vingt-cinq. Ce n'est pas là ce qu'il lui faut. Mais si, au moins, je pouvais faire sa connaissance ! »

Notre soldat fut ravi quand le

petit garçon le mit sur une grosse
boîte qui se trouvait près du château. De là, il pouvait admirer la
belle demoiselle, qui, sans perdre
l'équilibre, continuait à se tenir
courageusement sur une jambe.

Quand on remit les autres soldats dans la boîte, on l'oublia là
où on l'avait posé. Tout le monde

alla se coucher. Vers minuit, les jouets voulurent à leur tour s'amuser un peu. Le polichinelle gambadait follement, la toupie tournait et ronflait à tout

rompre ; les soldats s'agitaient dans leur boîte, et ils seraient volontiers sortis pour prendre part à la fête ; mais hélas ! ils ne purent soulever le couvercle !

Tout ce petit monde fit un tel bruit que le canari s'éveilla et se mit à siffler joyeusement.

Seuls, le soldat de plomb et la danseuse ne bougeaient pas. Elle, les bras en rond, demeurait toujours sur la pointe d'un pied ; lui se tenait sur sa jambe unique, mais sans quitter des yeux sa voisine.

Voici minuit qui sonne à la pendule ! Crac ! Le couvercle de la grosse boîte où était posé le soldat se lève par l'effet d'un ressort, et apparaît alors un énorme diable. La méchante boîte était à mécanisme.

Notre soldat tomba, mais sur son pied et, comme auparavant, se remit à admirer la danseuse.

« Misérable petite chose, dit le

diable, comment oses-tu regarder
des personnes qui sont bien au-
dessus de ta pauvre condition!»

Le soldat ne dit mot et resta
immobile.

«Bon, bon, jeune imprudent,
nous verrons ce qu'il t'en coû-
tera demain.»

Au matin, tout le monde se leva. La servante vint mettre la chambre en ordre et plaça un instant le soldat de plomb sur le bord de la fenêtre ouverte. A ce moment, un très fort courant d'air, produit par le diable, je pense, fait battre la fenêtre, et notre soldat, la tête la première, est précipité du troisième étage. Quelle effroyable chute! Il piqua droit entre deux pavés; son képi, sa baïonnette, tout son corps disparurent, et l'on ne vit plus que son unique jambe, fièrement tendue vers le ciel.

La bonne et l'enfant descendirent le chercher.

L'enfant marcha, sans l'apercevoir, presque dessus, et le soldat fut sur le point de crier : «Je suis

là!» Mais, se rappelant qu'un soldat en armes n'a point le droit de
parler, il se tut.

Des gouttes de pluie tom-
bèrent, puis une véritable averse.
Quand le soleil reparut, trois
gamins vinrent à passer.

«Ah! ah! dit l'un d'eux; un
soldat de plomb qui a perdu une
jambe, à la guerre sans doute!

Nous allons le mettre dans notre bateau, voulez-vous ? »

D'un vieux journal, ils avaient fait une barque. Ils y placèrent le petit soldat, et bien vite mirent la

barque dans le ruisseau. Le courant l'entraîna, et les trois gamins
la suivaient, tout en battant joyeusement des mains.

Ciel! comme le ruisseau avait grossi, comme le courant était fort, comme les vagues étaient énormes! La barque en papier, toute secouée, se penchait parfois. Un tourbillon l'entraînait, et on croyait qu'elle allait chavirer.

Le soldat de plomb était mortellement inquiet, mais il n'en laissait rien paraître; intrépide, il tenait toujours son fusil.

Le bateau passa sous une dalle où il faisait noir comme dans un four.

«Il fait aussi sombre que dans ma boîte, pensa le soldat. Que va-t-il m'arriver? C'est cet affreux diable qui m'a jeté un sort! Ah! si j'avais près de moi la belle dame du château, je me moquerais du noir!»

Tout à coup apparut un gros
rat qui demeurait dans un trou,
sous la dalle sombre.

« As-tu ton passeport ? demanda-t-il. Allons ! vite, montre-le ! »

Le soldat resta muet ; il n'allait tout de même pas répondre à cette horrible bête !

La barque filait de nouveau. Le rat la suivait, grinçant des dents et criant à tous les bouts de bois qui flottaient et à tous les fétus de paille de l'arrêter :

« Stop ! Stop ! Arrêtez-le ! Il n'a pas montré son passeport ! »

Mais l'eau entraînait toujours la barque, et le soldat revit enfin le jour.

Soudain se fit entendre un bruit épouvantable, semblable à celui du tonnerre. Aussitôt après avoir passé la dalle, le ruisseau se jetait dans un canal, en formant une magnifique cascade !

Vrrr! voilà la barque précipitée. Mais le petit soldat garda son sang-froid, même en ce moment effroyable. La barque tourbillonna quatre fois sur elle-même, et l'eau, en l'emplissant, la fit enfoncer. On ne voyait plus du soldat que sa tête et sa baïonnette. A ce moment précis, le papier de la barque se déchira, et tout coula au fond du canal, le soldat avec le reste.

Alors, le pauvre soldat de plomb pensa à la gentille danseuse qu'il ne pourrait plus admirer : il allait mourir sans avoir pris part à aucun combat, d'une mort bien peu digne d'un brave.

Il allait atteindre le fond plein de vase et disparaître à jamais,

quand un gros poisson l'avala, le
prenant pour un petit goujon.

Ciel! qu'il faisait noir dans le
ventre de ce brochet (car c'était
un brochet)! On y était à l'étroit
bien plus encore que dans la

boîte! Mais le petit soldat, habitué à monter la garde, demeurait immobile et l'arme au bras.

Le brochet nagea en tous sens, remonta à la surface de l'eau, se tordit violemment; puis, rien.

Après quelques heures, le soldat de plomb eut comme l'impression d'un éclair; c'était la lumière du jour! Une voix cria :

« Le petit soldat de plomb! »

Or, voici ce qui s'était passé : le

brochet avait été pêché, livré au marché, et une cuisinière qui l'y avait acheté venait de l'ouvrir avec un grand couteau. Elle l'avait pris et porté dans la chambre des enfants : tous accoururent pour voir cet aventurier qui avait eu de telles histoires, et qui même avait séjourné dans le ventre d'un poisson!

Lui ne se sentait pas fier de cette curiosité, qu'il devait seulement à ses malheurs.

La cuisinière le mit sur la table.

O chose étrange et admirable!

Notre soldat de plomb se retrouvait dans la chambre même d'où il était parti pour son grand voyage, et tous le reconnaissaient à sa jambe unique.

Il revit la boîte où étaient

enfermés ses frères ; il revit le
beau château de carton avec la
gentille danseuse qui, avec intré-
pidité, se tenait toujours comme

lui sur une seule jambe. Il se
sentit ému à pleurer, mais ses
larmes auraient été en plomb, et
cela n'aurait pas été correct.

Brusquement, l'un des enfants saisit notre petit soldat, et le lança dans la cheminée, sans que personne pût l'en empêcher. Plus tard, il raconta qu'il avait voulu savoir si le soldat se tirerait aussi bien du feu que de l'eau.

Je crois, moi, que cette vilaine action lui fut conseillée par le méchant diable.

La chaleur eut un effet terrible

sur le soldat de plomb. Son uniforme perdit ses belles couleurs.

Alors il tourna les yeux vers la petite danseuse.

Elle continuait à le regarder avec grâce...

Bientôt, il sentit qu'il commençait à fondre ; mais il ne lâcha pas son fusil. Un coup de vent ouvrit brusquement la porte, emportant

la danseuse qui vint tomber dans la cheminée tout près du soldat de plomb. Elle prit feu et s'évanouit. Lui continua de fondre jusqu'au bout, et le lendemain la servante trouva sa dépouille dans les cendres ; ses restes avaient pris la forme d'un mignon petit cœur.

Blanche-Neige

Imprimé en France par I.M.E. - 25-Baume-les-Dames
Dépôt légal n° 2567 - Mars 1993
20.20.8887.01.0
ISBN 2.01.020301.1
Loi n° 49-956 du 16 juillet 1949
sur les publications destinées à la jeunesse - dépôt Mars 1993